LE FLÉAU DE DIEU

EN 1832.

LE
FLÉAU DE DIEU

EN 1832;

Par M. Bellemare.

Digitus Dei est hic.
Le doigt de Dieu est là.

Troisième Édition.

PARIS.

AD. LE CLERE ET CIE, IMPRIMEURS-LIBRAIRES,
QUAI DES AUGUSTINS, n° 35;

DENTU, LIBRAIRE, AU PALAIS-ROYAL,
GALERIE D'ORLÉANS.

1832.

AVANT-PROPOS.

Ce n'est point un ouvrage soigné que j'entreprends; ce sont des pensées douloureuses et des réflexions sévères qui demandent à s'échapper de mon esprit, dans le désordre où elles s'y présentent.

Les momens sont chers et courts. Pour les mettre à profit, il faut aller vite. Pendant que je m'entretiens avec mes lecteurs, des noms s'effacent continuellement de la liste des vivans. Celui qui marque la fin de nos jours m'attend peut-être au bout de cet écrit; peut-être au bout de cette première page; peut-être au bout de cette ligne que j'achève.... Hâtons-nous donc de placer ici les inspirations qu'il m'envoie. Si elles sont dans l'ordre de ses desseins, la mort ne viendra pas arrêter ma plume et glacer ma main, avant que j'aie fini ce que je commence : telle est ma foi.

Voilà un langage bien peu intelligible pour les esprits supérieurs et les hommes forts du grand siècle : aussi n'est-ce pas à eux que je me permets de l'adresser. Je n'ai mission qu'auprès de la société chrétienne, à laquelle j'ai le bonheur d'appartenir par mes sentimens, par mes principes et mes affections. Celle-là me comprendra mieux ; et si je lui communique des réflexions que tous et chacun de ses membres n'aient pas faites, je suis sûr de les trouver disposés à m'écouter.

Je connois d'avance le vieux refrain que les ennemis de la religion répéteront contre moi pour la centième fois ; ils se rappelleront que je n'ai pas toujours vécu selon la rigueur des doctrines que je professe, et que mon zèle pour la défense de la loi divine s'est éveillé tard.

Déjà, depuis long-temps, j'ai passé condamnation là-dessus. Dans un des ouvrages que j'ai publiés en faveur des Jésuites (1), je suis convenu qu'il y avoit eu dans ma vie des lacunes malheureuses, sur lesquelles je laissois toute permission au reproche et à la critique. Seulement, en faisant l'aveu public des choses qui coûtent le plus à l'humaine foiblesse, je crois avoir acquis, par ma franchise, le droit de parler aussi des choses qui ont produit en moi la lumière et les convictions dont je suis pénétré.

Eh bien! ces convictions et ces lumières me sont venues la première fois que j'ai cherché consciencieusement la

_____

(1) *Le Collége de mon fils*. Cette partie de ma confession est d'autant moins ignorée, qu'elle a été répandue alors en trois éditions, et à quinze mille exemplaires.

cause des désordres qui ont, dans ces derniers temps, envahi le monde moral. Elles me sont venues, s'il faut le dire, encore plus de la lecture des mauvais livres que des bons. C'est en lisant avec des préventions arrêtées, et dans des dispositions peu bienveillantes pour les Jésuites, les mille diffamations publiées contre eux ; c'est en cherchant des armes de tous côtés, pour m'associer à cette guerre honteuse et insensée, que je me suis aperçu de ma folie et de mon iniquité. Reculant alors devant l'œuvre de malveillance et de persécution où je me laissois presque entraîner à mon insu, j'ai eu le bonheur de sortir à temps des voies de l'injustice ; et ces mêmes armes que les mauvais livres m'avoient offertes contre les Jésuites, je les ai fait servir à les défendre, comme je les défends toujours de toute la force de mon témoignage et de ma conviction.

Ce premier pas m'a conduit plus loin, et la noble école de ces vertueux prêtres a dirigé mon esprit vers les méditations sérieuses, vers l'étude des grandes vérités qui, seules, sont en possession de bien gouverner le monde, puisque tout, sans elles, se dissout et s'écroule. Je ne le cache pas, les Jésuites, en s'éloignant, ont laissé dans mon ame les pressentimens sinistres qu'ils ont emportés sur la terre d'exil. Remplis, comme ils le sont, de la science qui vient d'en haut, et accoutumés à étudier les évènemens de la terre dans leurs rapports avec le gouvernement du ciel, ils ne m'avoient pas laissé ignorer ce qu'ils prévoyoient de fléaux et de désolations pour notre malheureuse France. Déjà leur prière respiroit les alarmes, et l'accent prophétique qui en sortoit remplissoit l'ame d'un religieux effroi.

Moins protégé qu'eux par la Providence, il ne m'a pas été donné de partager le refuge qu'elle leur réservoit dans l'éloignement, pour ce temps de rigueur et de colère.

En cela, je subis une sorte de fatalité qui m'enchaîne et me conduit en sens contraire de toutes mes inspirations : car voici ce que j'écrivois il y a plus de cinq ans dans l'ouvrage intitulé : *le Collège de mon Fils :* « Les Jésuites peu-
» vent être jetés à la mer, comme le
» prophète Jonas, sous prétexte d'apai-
» ser la tempête et de sauver le vais-
» seau. La tempête n'en continuera
» pas moins de souffler; le vaisseau n'en
» sera pas moins roulé dans les abîmes.
» Toute la différence de sort qu'il y
» aura dans le naufrage commun, c'est
» que les autres périront; tandis que
» les Jésuites seront recueillis comme
» Jonas par quelque miracle de con-
» servation, parce que leur maître a
» besoin d'eux pour le triomphe de

» son Eglise, et qu'ils sont le foyer de
» chaleur du christianisme. »

Et pour montrer encore davantage
jusqu'à quel point j'étois frappé de l'i-
dée qu'il valoit mieux être associé à la
proscription des Jésuites, que d'être réservé à subir le sort du pays qui les exi-
loit, voici ce que j'ajoutois pour l'instruction de mon fils, dans une autre
brochure publiée à la même epoque,
et intitulée : *la Fin des Jésuites et de
bien d'autres.*

« Si la tribulation nouvelle qui les
» menace vient à se réaliser, regardons-
» la comme une faveur marquée que la
» Providence leur envoie pour leur
» épargner le sort des malheureux
» aveugles dont l'obstination résiste à
» ses avertissemens. Vous savez que,
» quand Dieu résolut de perdre la race
» des hommes, la sainte famille de Noë
» trouva grâce devant lui. Témoin
» comme vous l'êtes des vertus, de la

» piété, de la vie saintement innocente
» des Jésuites, vous devez croire faci-
» lement que le ciel les traite avec la
» même bonté, et que, pour les faire
» retirer à temps de devant sa colère,
» il leur dit aussi : *Ingredere tu et om-*
» *nis familia in arcam.* Vous faites
» maintenant partie de cette famille,
» mon cher fils; vous lui appartenez
» par l'affection, la reconnoissance, et
» par l'espèce d'adoption dont elle vous
» honore. Ainsi vous serez reçu dans
» son arche : plus heureux que . tant
» d'autres, dont les yeux refusent de
» s'ouvrir sur ce commencement de
» douleurs; plus heureux que votre
» père lui-même, qui, malgré le pres-
» sentiment du déluge de maux qu'il
» voit approcher, attend stupidement
» le sort réservé à ceux qui ne seront
» pas dans l'arche. »

D'après la manière dont j'ai insisté
sur ces pensées, qui étoient en moi une

conviction profonde, il est aisé de voir que je n'ai point agi comme l'auroit dû faire un homme aussi persuadé que moi que des jours de désolation approchoient, et qu'il valoit mieux chercher son salut ailleurs que de les *attendre stupidement* en France, selon l'expression dont je viens de me servir. Mais je m'en console, en pensant que celui qui m'inspiroit alors des paroles courageuses en faveur des Jésuites, peut avoir voulu me réserver la même mission en présence du double fléau de la peste et de l'impiété.

Je demande pardon à M. l'Archevêque de Paris et à son digne clergé, d'oser, en quelque sorte, usurper sur leurs droits par un genre d'écrit qui est bien plus de leur ressort que du mien. Mais outre que toutes leurs vertus sont en action dans ce moment, et que leurs veilles suffisent à peine à secourir les mourans, ils ne sont pas encore assez remis des violentes secousses que la terreur et le sacrilége ont dû laisser dans leur ame, pour être libres de faire entendre les paroles fermes que ces tristes jours inspirent. C'est tout au plus s'il leur est permis d'exercer ostensiblement les œuvres de la charité, et de montrer à découvert ces têtes naguères frappées de l'anathême révolutionnaire. Il a fallu que la mort vînt couvrir la capitale de ses voiles funèbres, pour les remettre en communication avec les malheureux que le génie du mal avoit soulevés et cherche encore à soulever contre eux jusque sur la couche des agonisans. Ce génie, qui prévoit tout, s'inquiète et s'alarme en voyant ceux qu'il a pervertis, exposés à devenir meilleurs par les conseils de la religion, si le fléau venoit à leur faire grâce, et à les replacer dans le mouvement d'activité des révolutions.

Dans un pareil état de choses, le

clergé de Paris, si puissant par la science et la parole, continue d'être privé du noble et utile usage qu'il en pourroit faire dans un moment où les passions se trouvent comme engourdies par la force du mal qui est venu les châtier. C'est donc aux soldats de la seconde ligne à s'avancer pour couvrir ceux de la première, que le feu de la persécution, le fanatisme et les défiances révolutionnaires n'ont que trop mis hors de combat. Je suis fier de pouvoir être un de ces soldats; et si j'éprouve un regret, c'est qu'il n'y ait pas autant de danger pour moi que pour les héros chrétiens dont je prends la place.

LE
FLÉAU DE DIEU,
EN 1832.

CHAPITRE Ier.

Raisons qui autorisent à croire que le *choléra-morbus* est un fléau de Dieu.

Digitus Dei est hìc : voilà notre thèse ; il est bien entendu que nous ne la soumettons qu'à la raison des hommes qui reconnoissent Dieu pour le maître absolu du ciel et de la terre, et qui ne supposent pas qu'il ait rempli l'univers de ses créations pour les perdre ensuite de vue, ou pour les abandonner à la spéculation de quelques riches fabricans de budgets et de listes civiles. Telle n'est point, en effet, la manière de voir de ceux qui ont un peu étudié l'histoire du genre humain dans les livres sacrés, et même dans les livres pro-

2

fanes de l'antiquité. Partout ils y ont reconnu les traces et la main d'un gouvernement supérieur qui se joue des révoltes et des orgueils de la terre, parce qu'il a de quoi les châtier et les réduire quand il lui plaît. Partout ils ont vu des choses semblables à ce qui nous arrive aujourd'hui : des plaies et des fléaux versés sur les peuples qui se sont abandonnés au torrent de l'iniquité, et dont l'impiété est montée jusqu'au ciel.

Et remarquez bien que ce langage n'est pas plus emprunté aux livres saints qu'aux livres profanes. Tous les ouvrages de l'antiquité païenne en sont remplis. Il sort de toutes les bouches et de toutes les pensées :

> Un mal qui répand la terreur,
> Mal que *le ciel en sa fureur*
> *Inventa pour punir les crimes de la terre.*

Voilà ce qui vient naturellement à l'esprit de tout le monde : le *ciel*, toujours le ciel, et toujours une punition dans cette pensée. Comment donc méconnoître une chose si universellement reconnue dans tous les temps ?

Et qui n'en seroit pas frappé aujour-
d'hui plus que jamais? Voyez ce qui arrive dans la recherche des causes du fléau
sous lequel nous gémissons. De nos jours,
dit-on, la science humaine est parvenue
à son plus haut degré de perfection; la
nature n'a plus de secrets impénétrables;
on a tout découvert, et rien n'échappe
plus à l'investigation.

Eh bien! les savans, les physiciens, les
hommes de l'art, vont donc être en état
de définir le choléra-morbus, d'expliquer
ses phénomènes, et de nous apprendre à
combattre ce redoutable ennemi? Ils vont
donc nous dire d'où il provient, en quoi
il consiste, et le chasser des replis où il se
cache? Ils nous l'avoient comme promis
d'avance, en envoyant des médecins au-
devant de lui pour l'étudier et observer sa
marche, afin qu'il ne vînt pas nous prendre
au dépourvu. S'il s'agit d'une chose natu-
relle et accessible à la science humaine,
nous sommes donc fondés à espérer qu'elle
n'échappera point aux lumières de tant de
gens de l'art, d'un mérite aussi éminent
que les nôtres.

Elle y échappe pourtant. Les plus habiles d'entre eux déclarent franchement que leurs connoissances ne vont pas jusque-là, et que leur savoir est à bout. D'où cela vient-il, sinon de ce que *le doigt de Dieu est là*, et que c'est un secret qui ne peut s'expliquer autrement?

En effet, que savons-nous après un mois de recherches et d'expériences scientifiques, sur la nature du choléra-morbus? Pas un éclaircissement, pas un trait de lumière n'est venu à notre secours. Ce ne sont pas cependant les sujets d'observation qui manquent, et jamais plus vaste champ ne fut ouvert à l'étude et aux explorations de la médecine : des milliers de cadavres sont livrés à l'autopsie ; Paris n'est plus qu'une sorte d'amphithéâtre, où l'on peut à chaque heure du jour interroger les entrailles des victimes, comme les aruspices de Rome les consultoient autrefois sur les autels des sacrifices. Eh bien ! que répondent ces entrailles, consultées mille fois sur autant de sujets, d'âge, de sexe et de genre de vie différens? Ce qu'elles répondent? Rien : toutes s'accordent pour refuser à la science

humaine le secret qu'elle leur demande.
Elles sont comme les anciens oracles, qui
s'obstinoient à rester muets jusqu'à ce que
les dieux fussent apaisés. De même, si
vous voulez avoir la réponse que vous de-
mandez aux victimes du choléra-morbus,
commencez par apaiser le ciel; car, n'en
doutez pas, c'est lui qui cache dans sa main
le mystère que vous cherchez.

Il semble, du reste, que tous les efforts
inutiles qui se font pour déchirer le voile
dont notre fléau reste couvert, tendent à
nous conduire par la négation à l'affirma-
tion ; c'est-à-dire, à faire conclure, de ce
que la cause du mal est inconnue, qu'elle
est là où nous l'indiquons, et où l'on n'arrive point par les routes ordinaires. Tandis
que d'un côté l'autopsie des cadavres ne
fournit aucune indication, les opérations
de la chimie ne produisent rien non plus
qui soit de nature à nous éclairer. Voyez
ce savant physicien qui met l'air en bou-
teille dans vingt-quatre parties différentes
de l'atmosphère de Paris; il croit avoir
surpris et enfermé le choléra dans ses fioles.
Mais bientôt il est détrompé ; ses analyses

ne lui fournissent que de l'air pur, et il de-
meure confondu au milieu de ses appareils
chimiques; on diroit que les élémens sont
chargés de lui répondre aussi que *le doigt
de Dieu est là*.

Enfin, pour ne rien avoir à se reprocher,
les médecins consultent le sang de leurs
malades; ils l'examinent avec attention,
ils le soumettent aux analyses les plus
exactes; cette dernière expérience a le
même sort que les autres : le sang des cho-
lériques semble vouloir leur dire également que *le doigt de Dieu est là*, et qu'il
est inutile de chercher ailleurs.

Et quand tous ces témoignages de la
science nous manqueroient, qui ne seroit
pas frappé de la manière dont le choléra-
morbus nous est apparu, et de la fureur
avec laquelle il s'est annoncé dans la capitale du sacrilége et de l'impiété! Quoi!
il est venu de cent lieues, tout d'une
course, descendre inopinément au pied
des tours de Notre-Dame? Il s'est établi,
pour ainsi dire, sur les ruines de l'Archevêché de Paris, et en face de cette nef pro-
fanée, d'où le signe de la rédemption du

monde fut arraché l'année dernière, au milieu des rugissemens de joie de l'enfer! Quoi! c'est à nous tout d'abord qu'il affecte de s'attacher; à nous, qui avons donné l'exemple et l'impulsion de la révolte contre le ciel! c'est parmi nous qu'il a enlevé plus de victimes en quelques jours, qu'il n'en a demandé en plusieurs mois aux plus grandes capitales de l'Europe, et qu'il n'en demandera probablement à tout le reste de la France! Et l'on oseroit méconnoître ici l'intervention de la justice suprême, le bras qui a châtié, depuis l'origine du monde, les peuples pervertis par l'oubli de la Divinité! Eh! que nous arrive-t-il donc dans ce moment, qui ne soit arrivé déjà par les mêmes causes, à d'autres corruptions et à d'autres impiétés que les nôtres? Quelle page des livres de la sagesse n'est remplie d'exemples analogues? Lisez donc, lisez ce qui est écrit de vous partout dans l'histoire des autres nations; cherchez les ruines des villes et des royaumes qui se sont écroulés tour à tour sous un poids d'iniquités semblables, et moindres que les vôtres, peut-être.

Que l'orgueil de la révolte ne s'obstine plus à vouloir nous fermer les yeux sur cette grande calamité. Il s'agit visiblement ici d'un de ces maux dont nous parlions tout à l'heure, et *que le ciel, dans sa fureur, inventa pour punir les crimes de la terre.* Nous sommes forcés de re-connoître qu'il est comme choisi pour nous être appliqué dans des proportions de justice distributive : Paris d'abord ; et Paris accablé selon la mesure de corrup-tion dont il est le foyer ; Paris maltraité à raison de ses lumières et de l'abus qu'il en fait pour l'impiété ; Paris plus écrasé, plus foudroyé qu'aucune des autres cités où le pouvoir du ciel est reconnu, et où l'on s'incline du moins devant ses fléaux.

Remarquez ensuite que la puissante main qui pèse sur nous n'a pas fait choix d'un de ces châtimens, tels que la guerre et la famine, dont on puisse se racheter par sa condition et à prix d'argent. Elle avoit des coupables à punir dans les rangs les plus élevés comme dans les plus bas. Il falloit une plaie brûlante qui atteignit tout, depuis le sommet jusqu'à la racine.

C'est le choléra-morbus qui est chargé
de cette mission. Ah! cette fois, les mur-
mures du peuple eussent été bien fondés,
si le fléau ne se fût attaché qu'à lui,
comme il avoit paru vouloir se l'imagi-
ner d'abord. Il y a des hommes plus
dignes de mort que lui, à commencer
par les corrupteurs de sa morale et de
sa foi.

Enfin, si l'évidence n'étoit pas encore
acquise pour tout le monde, sur le point
que nous examinons, je soumettrois à
mes lecteurs une réflexion non moins
frappante que celles qu'ils viennent de
lire : c'est que le choléra-morbus n'en
veut qu'aux êtres intelligens, capables
du bien et du mal, et auxquels il peut
profiter comme leçon, pour les ramener
vers la Divinité.

En effet, ne doit-il pas paroître étrange
que, dans cette atmosphère devenue pour
nous si funeste et si meurtrière, aucune
des mille espèces d'animaux qui vivent
du même air ne se ressente de la mor-
telle influence qu'il exerce sur notre organisation? A mon avis, rien ne dénote

mieux la présence d'un châtiment infligé par exception à la seule espèce de créatures vivantes qui l'ait encouru, et à la raison de laquelle il puisse parler.

Considérez le laborieux animal qui se fatigue depuis quelque temps à traîner des chars funèbres vers la tombe. Il vit comme nous au milieu des morts ; comme nous, il se nourrit et s'abreuve de l'atmosphère empestée qui empoisonne notre sang et brûle nos entrailles ; comme nous enfin, il nage, pour ainsi dire, dans la mortalité. Cependant, il n'en éprouve aucun accident, et nous tombons sous ses pieds sans que le mal qui nous renverse remonte jusqu'à lui.

Examinez, d'un autre côté, les milliers d'oiseaux qui peuplent l'air. Cet air qui pèse aujourd'hui comme du plomb sur nos têtes ; cet air qui nous attriste, nous engourdit et nous tue, n'a point changé pour eux. Ils viennent gaîment chanter le printemps sur les cyprès des tombeaux et sous les fenêtres des agonisans. Ah ! c'est que pour eux le doigt de Dieu n'est pas là. Ils n'ont point partagé nos crimes, nos profanations et nos fougues d'impiété; ils ne se sont pas proscrits entre eux, comme nous, par esprit de haine et de persécution ; ils n'ont point porté le sacrilége et l'abomination dans le sanctuaire; ils n'ont point rugi de joie et de férocité à la vue des croix mutilées, des dévastations de nos temples, et des images de la religion livrées aux brutales dérisions de la place publique. Il est donc naturel qu'ils soient épargnés par les fléaux qui renferment le châtiment de ces révoltes.

Ainsi, ce qui ne leur arrive point s'accorde avec ce qui nous arrive, pour autoriser à croire que le choléra-morbus part d'une invisible main qui inflige les expiations avec discernement.

Ce n'est pas à dire qu'il faille renoncer aux secours de l'art, ni désespérer des remèdes que la science humaine peut nous offrir; mais ne laissons pas de remarquer, cependant, que cette science humaine est obligée de recourir purement et simplement aux préceptes de la sagesse divine, pour leur emprunter ce qu'il y a de meilleur dans ses propres conseils et ses soulagemens. C'est un des livres de l'ancien Testament qui fournit à nos médecins ce qu'ils ont découvert de plus efficace jusqu'à présent contre le choléra. Ce livre dit comme eux que les mauvaises passions, l'intempérance et les excès de tout genre sont ce qui attire cette cruelle maladie. Il dit qu'une vie réglée par la sagesse en est le plus sûr préservatif. Remarquable accord entre la science morale et la science physique, qui fait dépendre des mêmes causes la santé de l'ame et la santé du corps, et qui veut que ce qui est bon pour l'une, aux yeux de la sagesse divine, soit ce qu'il y a de meilleur pour l'autre, aux yeux de la sagesse humaine! Ceux de nos médecins qui ont le malheur de négliger entièrement la vie morale dans leurs études, seroient bien étonnés d'apprendre que tout ce qu'ils savent sur la maladie du choléra se trouve dans un livre de la Bible (*).

(*) Voir la note page 58.

CHAPITRE II.

Le *choléra-morbus* envisagé sous un rapport qui peut offrir
quelques consolations aux ames religieuses.

———

Je ne parlerai point ici de la salutaire
impression que ce fléau peut faire sur l'esprit des peuples. Les corrupteurs de la morale resteront toujours là pour ressaisir leur
proie; la nation, *ignorante* et *abrutie*, comme ils l'appellent eux-mêmes, retombera
plus tard entre leurs mains, et ils sauront
bien lui faire oublier le danger dont elle
est émue dans ce moment, aussitôt qu'il
sera passé. On sait avec quelle ardeur ils
travaillent dès à présent à combattre, dans
les esprits qu'ils voient fléchir, toutes les
pensées qui tendent à les ramener vers la
religion.

Sauver les conquêtes de l'impiété, main-
tenir comme bons les effets de la profana-
tion et du sacrilége, chasser les terreurs
qu'ils pourroient produire dans les ames

timorées, sous l'impression du grand châtiment dont elles sont forcées de reconnoître l'origine et la justice : tel est le soin
qui occupe toujours, en présence de nos
désastres et de la mort, les entrepreneurs
de corruption publique. Ils veillent à ce
que leur œuvre de dissolution n'éprouve
aucun dommage; autant qu'il dépend
d'eux, ils continuent à chasser la religion
du chevet des mourans; un secours purement temporel, qui passe par la main d'un
prêtre ou d'une sainte fille de la charité,
les fait frémir; ils craignent que cela n'engage l'avenir des malades, et ne serve à
détruire en eux les pensées mauvaises
qu'on y a cultivées.

En examinant les efforts qui se font de
la part de certains hommes, pour empêcher le peuple de chanceler dans la perversité qu'ils ont mise en lui; en les voyant
établis, pour ainsi dire, sur le seuil des victimes de l'épidémie, avec la consigne de
ne laisser entrer que la mort, que la mort
toute seule, la mort sans secours ni consolations, il est à croire qu'ils ont de grandes
raisons pour vouloir que les choses restent

comme ils les ont faites. Sans doute ils laissent trop découvrir par là ce qu'ils pensent eux-mêmes de leur ouvrage, puisqu'ils le placent sous la garde de l'immoralité du peuple, et qu'ils font dépendre sa conservation d'une révolte finale contre le ciel. Mais c'est précisément ce calcul satanique, ce besoin de persévérance dans le mal, qui doit faire pressentir que l'effet moral du fléau dont nous sommes écrasés sera combattu par eux à outrance, jusqu'à ce qu'ils aient reconquis le terrain qu'il semble vouloir leur faire perdre. Ne craignons pas d'ajouter qu'en cela ils sont merveilleusement secondés dès à présent par les hommes du pouvoir, qui, tout atteints et frappés qu'ils sont eux-mêmes dans leurs personnes, n'osent pas se permettre de reconnoître que Dieu y peut quelque chose, de peur d'avoir la moindre concession à lui faire sur les principes de leurs révolutions.

Ce n'est donc pas sous ces points de vue que nous pouvons chercher dans la religion des consolations et des adoucissemens pour les gens de bien et de foi;

mais voici d'autres considérations qui seront peut-être plus propres à les rassurer.

Instruits comme ils le sont des saintes menaces de l'Écriture, et de la manière dont Dieu a toujours gouverné le monde, ils ont vu, depuis quarante ans, arriver des choses qui ont dû souvent leur faire craindre, ou que la fin des temps ne fût proche, ou que la France en particulier ne fût menacée de disparoître sous les flots de la colère céleste.

La corruption et l'impiété, portées au comble, sont les signes ordinaires qui précèdent les grandes catastrophes des nations. On n'assigne point d'autres causes aux destructions qui ont successivement changé la face de la terre, qui ont effacé de la civilisation des cités non moins superbes que Paris, des peuples, des royaumes et des empires, qui avoient peut-être moins mérité que nous de subir les arrêts de la justice suprême. Ces villes fameuses dont on cherche aujourd'hui les vestiges sous l'herbe ; ces ruines de l'Égypte et de l'Asie, qui ne savent presque plus rien ré-

pondre aux savans qui vont les interroger;
ces restes du grand empire, auxquels on
n'arrive plus que par les entrailles de la
terre et par des fouilles laborieuses; cette
large nappe de barbarie, étendue comme
un drap mortuaire sur les plus célèbres
débris de l'antiquité; tous ces hauts sujets
de méditation, tous ces exemples d'expiation et de châtiment ont dû venir plus
d'une fois parmi nous à la pensée des
chrétiens, en voyant la France entrer si
avant dans les voies qui ont amené la
ruine des autres nations.

Oui, tout ce qui reste de la tribu fi-
dèle à Dieu a dû craindre que les temps
de colère ne fussent revenus, et que la
corruption générale du peuple n'eût
monté assez haut pour qu'aucune grâce
ne fût plus à espérer. Ce sentiment in-
stinctif de la justice divine a été puissam-
ment éveillé dans les cœurs purs et timo-
rés, par les scènes de sacrilége et de
désolation qui ont glacé toutes les ames
d'effroi, pendant les jours de blasphème
et d'impiété où les dépouilles augustes
de la religion ont été jetées aux vents,

et abandonnées à la rage des forçats li-
bérés.

Oui, tout ce qui porte un cœur chré-
tien, tout ce qui porte seulement le sou-
venir de sa première consécration religieuse, a dû frémir d'épouvante dans
l'attente des maux dont le monde pa-
roissoit menacé par les effets d'une aussi
grande perversité, d'un si exécrable at-
tentat, d'une si audacieuse révolte contre
la Divinité.

Réjouissez-vous donc, vous qui croyez
à la puissance du ciel et aux éclatans
exemples qu'il a faits sur la race humaine ! nous en sommes quittes pour
un fléau qui ne détruit pas tout espoir
de pardon. Nous en sommes quittes pour
un avertissement sévère qui n'emporte
pas l'idée d'une malédiction universelle
et d'une colère implacable. Réjouissez-
vous ! le mal qui nous afflige n'est pas
proportionné à la montagne de corruption et d'iniquité qui s'élève au-dessus
de nos têtes. Réjouissez-vous ! Dieu
n'avertit ainsi que les générations dont
sa main ne s'est pas entièrement retirée.

Réjouissez-vous ! c'est un châtiment qui semble annoncer que la Providence trouve encore en nous de quoi répondre à ses desseins, et servir à recomposer une société morale.

Mais il ne faut pas nous abuser ; ce châtiment sera long, en proportion de l'aveuglement des esprits et des cœurs. Malheur à nous, si le génie du mal s'obstine à nous tenir long-temps les yeux fermés, à nier l'évidence et à ne pas reconnoître que *le doigt de Dieu est là !* c'est un endurcissement qui ne peut conduire qu'à augmenter le nombre des victimes ; car, si le choléra-morbus est un fléau du ciel, destiné encore plus à éclairer qu'à punir, il durera nécessairement jusqu'à ce qu'il ait produit son effet. Ainsi nous paierons plus ou moins long-temps chaque effort qui sera fait par les corrupteurs du peuple pour retarder sa guérison morale. Nous paierons, selon la durée et la force de leur obstination, jusqu'à ce que le ciel les ait lassés par ses coups et mis hors de combat.

Hélas ! il seroit beaucoup plus avantageux qu'ils eussent fait comme moi, en reconnoissant tout d'abord ce qu'ils seront forcés de reconnoître plus tard. Mais enfin on n'est pas esprit fort pour rien, et je leur pardonne de n'avoir pas remarqué dans la brusque apparition du choléra-morbus, dans le choix du lieu où il est descendu, et dans la violence de ses ravages, les terribles coïncidences qui m'ont frappé. Les ruines de l'archevêché, la nef de l'église métropolitaine ébréchée par la chûte de la croix; l'Hôtel-Dieu contigu à ces ravages et rempli tout-à-coup d'une foule de victimes mourantes; l'épidémie répondant en quelque sorte à l'expédition d'Ancône par la brusquerie et la soudaineté de son invasion... Voilà de ces choses qui suffisent aux esprits ordinaires pour les étonner, les remuer vivement et les convaincre; et j'avoue que le mien est de ce nombre. Quant aux autres, je ne prétends pas qu'ils aient dû céder aussi promptement. Mais si le ciel a résolu de vaincre leur obstination, et de frapper jusqu'à ce que la lumière jaillisse pour

eux, il faudra bien pourtant qu'il y ait
un point où l'incrédulité s'arrête.

◆◇◆◇◆◇◆◇◆◇◆◇◆◇◆◇◆◇◆◇◆◇◆◇◆◇

CHAPITRE III.

Les remèdes indiqués contre le *choléra-morbus,* par la science
humaine, comparés à ceux qui sont indiqués par la religion.

————

AYEZ de la confiance, dit-on aux malades et à ceux qui craignent de l'être; la
confiance est le meilleur préservatif à em-
ployer contre le choléra-morbus. Par la
même raison, défendez-vous de la peur;
car la peur est une des causes qui le produisent quand il n'est pas encore venu, et
qui empêchent d'en guérir quand il est
arrivé. Ainsi, de la confiance d'un côté,
point de peur de l'autre; c'est tout ce que
nous connoissons de mieux comme préservatif et comme remède. Suivez ce con-
seil, si vous pouvez, et soyez sûrs que vous
vous en trouverez bien.

Voilà qui est facile à comprendre; la

recette est claire, et je suis persuadé qu'elle est bonne. Il n'est plus question que de savoir à qui et à quoi je dois avoir confiance. D'abord les médecins conviennent que ce n'est point à eux, parce qu'ils n'entendent rien au choléra-morbus, et que c'est une maladie dont les causes, la nature et le siége même ont échappé jusqu'ici à toute leur pénétration. De ce côté-là donc, point ou peu de motifs de confiance, puisque les plus sages d'entre eux sont les premiers à trouver bon que je n'en aie pas. La dernière ressource qu'on m'indique est de recourir aux ceintures de flanelle, aux chaussettes de laine, aux frictions, et à ma très-petite part de quelques milliers d'écus que la liste civile envoie à tout hasard au secours des malades.

S'il faut dire la vérité, je ne trouve point là de quoi me suffire pour arriver au degré de confiance qui m'est recommandé. Tout cela ne se présente point à ma raison comme quelque chose qui soit de nature à me rassurer contre un fléau terrible, surtout si ce fléau a pour mission spéciale de me punir de quelque révolte impie contre la Divinité, ou de me guérir de quelque grand aveuglement d'esprit. Camphre et chlore, ceintures de flanelle et chaussettes de laine, tant que vous voudrez ; ce sont des précautions que je ne méprise point, parce que le ciel veut qu'on s'aide : mais je connois quelque chose qui va plus droit à ma pensée et à ma confiance ; et vous allez voir si j'ai raison.

Ce que vous me recommandez aujourd'hui comme bon et salutaire, et que vous désignez par le mot de *confiance*, étoit connu dans des temps plus heureux, sous un autre nom ; cela s'appeloit alors de la *foi*. Eh bien ! cette foi, tant qu'elle a régné chez les peuples, a produit mille fois plus de guérisons et de merveilles qu'il n'est donné à votre *confiance* d'en produire jamais. La raison en est toute simple : votre unique ressource, à vous, est d'espérer que les hommes et les secours de la médecine vous sauveront. En cela, vous faites bien, puisqu'il est vrai de dire que les médecins en savent plus que vous, et que leur art du moins peut vous guider sur les points accessibles à la science humaine; mais enfin, en les voyant succomber eux-mêmes sous les coups du fléau commun, vous devez sentir que cette science est bornée, et ne suffit pas pour vous procurer la tranquillité d'esprit qu'on dit être requise pour combattre le choléra-morbus.

Le genre de confiance dont il s'agit ne vaut donc pas cette vieille foi, qui fut si long-temps le remède de nos pères. Il me semble que celle-ci alloit plus directement et plus sûrement au but, en s'adressant à celui qui commande à la mort comme à la vie, qui seul abrège ou prolonge les jours à sa volonté. Aussi, quels effets admirables cette foi des peuples n'est-elle pas capable de produire dans les grandes calamités? Quelques exemples suffiront pour montrer ce qu'elle a de supérieur à nos modernes aphorismes sur la confiance et la peur.

Un arrêt d'extermination est prononcé contre l'orgueilleuse Ninive, dont l'impiété avoit, comme la nôtre, monté jusqu'au ciel. Un homme, inspiré de Dieu, est chargé de venir lui annoncer sa prochaine destruction, si les quarante jours d'existence qui lui restent ne sont consacrés au repentir et à la religion. Par un insigne bonheur, au milieu de ses vices et de sa corruption, elle n'a point encore perdu sa foi. Le flambeau qu'on croyoit éteint se rallume tout à coup. Les grands et le peuple se prosternent devant la Divinité ; le roi donne l'exemple d'une pénitence publique : il quitte la pourpre pour se couvrir la tête d'un sac et coucher sur la cendre. Des prières solennelles et un jeûne général sont ordonnés ; tout s'incline et s'humilie sous la menace du châtiment annoncé ; et l'arrêt qui condamne les Ninivites à périr est révoqué par le souverain maître qu'ils viennent de fléchir. Mais, si le malheur eût voulu pour eux qu'il ne se fût rencontré alors parmi les grands, parmi les maires et les échevins de Ninive, que des hommes de barricades, des démolisseurs de temples, et des profanateurs ; il n'en faut pas douter, c'en étoit fait de la ville et de ses habitans ; le doigt de Dieu étoit là pour les écraser, comme il nous écrase aujourd'hui ; et ni les médecins, ni la *confiance* n'y pouvoient rien.

Voici un autre exemple emprunté à nos propres annales, et qui ne prouve pas moins que le précédent jusqu'à quel point la foi est salutaire, même dans les choses qui n'intéressent que la conservation de la vie temporelle. Ce qu'on va lire est extrait de l'*Histoire de Paris*, par Lefèvre, et rapporté par divers autres écrivains, dont les ouvrages font autorité :

« La ville de Paris a souvent obtenu des » grâces signalées par la puissante inter- » cession de sainte Geneviève. Nous cite- » rons, entre autres, la guérison de cette » cruelle maladie appelée *des ardens,* » parce qu'elle consumoit ceux qui en » étoient attaqués, par un feu secret et » meurtrier. En vain l'art des médecins » mit tout en œuvre pour trouver des re- » mèdes contre cet horrible fléau. Étienne, » évêque de Paris, prélat d'une sainteté » éminente, ordonna des jeûnes et des » prières publiques, dans l'espérance que » Dieu se laisseroit enfin fléchir. Mais la » maladie continua toujours ses ravages ; » et ils ne cessèrent qu'après une proces- » sion solennelle, où l'on porta la châsse

» de sainte Geneviève à la Cathédrale.
» Lorsqu'elle fut à l'entrée de l'église, tous
» les malades recouvrèrent sur-le-champ
» une parfaite santé, à l'exception de trois,
» qui sans doute *avoient manqué de foi.*

» Ceci arriva sous le règne de Louis-le-
» Gros, l'an 1129. Le pape Innocent II,
» qui vint en France l'année suivante, or-
» donna, après avoir constaté la vérité du
» miracle , qu'on en célébreroit tous les
» ans la mémoire le 26 novembre.

» L'église anciennement appelée *Sainte-*
» *Geneviève-la-Petite* prit le nom de
» Sainte-Geneviève *des Ardens*, à cause
» du même miracle. C'est depuis ce temps-
» là que, dans les calamités publiques, on
» porte processionnellement à la Cathé-
» drale la châsse de sainte Geneviève,
» avec celle de saint Marcel et de sainte
» Aure. »

Sans remonter, du reste, jusqu'aux mi-
racles produits par la foi du douzième
siècle, il s'en opère de nos jours beaucoup
plus qu'on ne pense, en faveur des chrétiens qui ont conservé leurs croyances
pures au milieu de la contagion du siècle.

Que de guérisons et de secours arrivent en secret aux ames qui savent s'adresser aux vraies sources que la religion leur indique, et qui reçoivent leurs récompenses à part, de cette même main qui n'a plus pour les autres que des sévérités et des châtimens!

Ici je m'attends à une objection dont je suis obligé de reconnoître la justesse et la force. On va me demander si je crois sérieusement que, dans l'état actuel de la corruption des mœurs et des idées, il soit possible de tirer quelque parti de la religion du peuple, pour y chercher un remède à nos maux et un moyen d'expiation envers le ciel. Avant de répondre, j'ai besoin de demander à ceux qui ont mis le peuple dans cette horrible situation pourquoi ils l'ont corrompu, et ce qu'ils gagnent à vouloir achever de le pervertir. Il leur sied bien, vraiment, de venir s'armer du mal qu'ils ont fait, pour nous prouver qu'il seroit désormais inutile de songer à y remédier! Si la tâche est si difficile, à qui la faute? Mais heureusement elle ne l'est point. Les habitans de Ninive étoient aussi malades que

nous de dissolution et d'impiété, lors
qu'un seul et premier acte de repentir
leur valut le pardon qu'ils obtinrent.
Celui qui nous a créés n'est pas un tyran;
et quand il nous envoie des fléaux pour
nous avertir de sa colère, cela ne veut
pas dire qu'il attendra que nous soyons
devenus parfaits pour nous faire grâce; il
sait bien que nous ne pouvons lui offrir, pour commencer, que des pensées
de retour vers la religion et la sagesse.
Il veut que son pouvoir soit reconnu
de nous, et que l'orgüeil s'humilie. Est-
ce trop exiger en échange d'un immense
pardon?

Tel est notre sentiment, à nous chrétiens, à nous majorité reconnue et in-
contestée de la nation française; telle
est notre manière d'envisager les plaies
qui nous viennent de la main de notre
puissant maître. Cela étant, pourquoi
vous, magistrats et hommes du pouvoir,
pourquoi vous, minorité anti-religieuse,
vous opposez-vous aux expiations publiques et aux actes de piété qui ont
seuls à nos yeux la vertu de conjurer

les fléaux ? Vous nous conseillez la confiance, comme étant du meilleur effet contre le choléra-morbus : eh bien ! il ne tient qu'à vous de nous procurer ce que vous jugez nous être si avantageux et si salutaire. Nous n'avons de confiance que dans les prières et les invocations solennelles de la religion ; nous sommes convaincus que c'est là l'unique moyen d'appaiser le ciel et de détourner le mal qu'il nous envoie. A présent, que vous savez à quoi tient le remède que vous nous prescrivez vous-mêmes, réglez votre conduite la-dessus. Songez que nous formons *la grande majorité des Français,* et voyez si cela vaut la peine d'être sauvé.

Il est une chose surtout à laquelle vous devez faire grande attention ; c'est que vous passerez pour des philantropes hypocrites, si vous bornez vos soins aux chaussettes, aux couvertures de laine et aux matelas que vous faites transporter, à si grand bruit, des maisons royales dans les hôpitaux. Quand on se donne autant de mouvement pour avoir l'air de s'occuper du sort des malheureux, et de vouloir leur guérison, l'on s'expose à perdre tout le mérite de cette belle conduite, en refusant *à la grande majorité des Français* une satisfaction qu'on sait lui être chère, et la mieux choisie pour détruire dans son esprit les impressions qui disposent à recevoir l'influence de l'épidémie. Que cela vous fasse pitié et vous paroisse une foiblesse d'organisation indigne du règne de la raison publique; ce n'est point ici la question. Il s'agit de sauver les gens par les moyens reconnus leur être propres et bons. Vous dites que la confiance est le meilleur; nous vous disons, nous, que cette confiance ne peut nous être inspirée que par des prières et des actes solennels d'expiation; et là—dessus vous consentez à nous laisser plutôt mourir. Eh bien ! nous en concluons que toutes vos démonstrations de zèle pour notre conservation sont fausses et menteuses, et que le sac du roi de Ninive est infiniment préférable à toutes vos simagrées de philantropie.

CHAPITRE IV.

La révolution de juillet, et les ministres défendus et disculpés
dans l'affaire du *choléra-morbus*.

Ni les ministres, ni la révolution de juillet ne me paroissent mériter les reproches
qui leur ont été adressés par quelques journaux, à l'occasion du *choléra-morbus*. Ils
ont dit à M. d'Argout : Qu'avez-vous fait
des millions que la France avoit mis à votre disposition pour la préserver du fléau
qui la menaçoit de loin? quelles précautions avez-vous prises pour empêcher les
Anglais de l'apporter sur nos côtes? pourquoi tout cet appareil de mesures sanitaires, et tout cet argent demandé au budget,
si la peur de déplaire à votre bonne alliée
et à ses marchands devoit finir par l'em-
porter sur vos mesures sanitaires, et par
vous faire livrer inconsidérément nos ports,
nos routes et nos grandes villes aux com-

munications habituelles d'un pays que vous saviez infecté de la peste, ou de quelque chose qui en approchoit?

D'un autre côté, ils ont dit à la révolution de juillet : Pourquoi es-tu allée au-devant du *choléra-morbus?* car c'est toi qui l'as provoqué de gaieté de cœur, par tes propagandes et tes excursions *à la polonaise;* c'est par toi que, de proche en proche, les portes de la France lui ont été ouvertes; en un mot, sans toi il seroit probablement resté endormi dans les régions éloignées, où le bruit de ta marche et de tes trompettes de guerre est allé le réveiller.

Sur l'un et l'autre de ces points, la justice veut qu'on prenne la défense des accusés.

Les ministres du roi Louis-Philippe, d'abord, ne doivent être considérés dans tout ceci que comme les héritiers d'un état de choses qui avoit déjà fort avancé le grand châtiment que nous subissons. C'est une plaie qui s'est ouverte sous leur règne, mais qui s'étoit formée sous les règnes précédens. Ce que nous voyons arriver n'est que la conséquence inévitable de ce que nous avions laissé naître et grandir depuis long-temps.

Rappelez-vous, en effet, par quelle série de corruptions, de révoltes et d'impiétés nous en sommes venus à cette dernière solution, qu'on ne peut appeler que du nom de dénouement, et où le mal n'est plus censé qu'aboutir. Oui, sans doute, nous avons assisté, dans ces deux dernières années, aux grandes catastrophes et aux explosions formidables. Mais les matières auxquelles le feu a été mis se trouvoient amassées et entassées de longue main dans les entrailles du corps social. Nous avons fini par assister à des scènes inouies de désolation et de sacrilége, et par entendre la grande voix du blasphème retentir impunément sous les voûtes du temple saint. Mais que de signes précurseurs nous avoient préparés à cette tempête!

Personne ne peut avoir oublié de quelle manière la restauration se laissa envahir graduellement par l'irréligion, et comment elle se trouva conduite à signer l'arrêt de mort de la royauté, par ses transactions avec les ennemis de l'autel.

De leur propre aveu, ceux-ci eurent la patience de rôder pendant quinze ans autour de leur proie pour épier l'occasion de la dévorer. Ce fut sous les colonnes du temple qu'ils travaillèrent à l'écraser.

Malheureusement pour elle, la royauté leur fit trop bon marché de la religion. S'étant laissé persuader par eux que ce n'étoit point le trône qui se trouvoit en cause dans la poursuite de leurs griefs, elle eut la foiblesse de leur abandonner Dieu; se contentant de le garder pour elle-même, et de croire que les autres fidèles pourroient en faire autant.

Ils lui demandèrent des tribunaux qui fussent capables de décider que les vols commis dans les églises seroient exceptés de ceux que la loi punit, toutes les fois que les coupables parviendroient à prouver qu'ils avoient agi dans une intention de sacrilége, et que c'étoit bien réellement un sacrilége qu'ils avoient commis. La restauration leur accorda des juges de cette espèce autant qu'ils en voulurent : à plus forte raison leur en donna-t-elle pour absoudre les hommes de désordre qui alloient insulter les prêtres et les prédicateurs à l'autel ou en chaire, et donner des charivaris aux portes des églises pendant l'office divin.

Il y avoit alors des congrégations religieuses et des missionnaires qui, luttant contre le torrent de l'impiété du siècle et bravant le blasphême, travailloient courageusement à retarder la ruine des mœurs et de la religion. Les ennemis de Dieu et de la foi les signalèrent à la restauration comme des espèces d'anachronismes qui faisoient obstacle au progrès des lumières et à la marche de la raison publique. La restauration ne s'opposa point à ce qu'ils fussent jetés à la mer pour alléger la barque de la révolution.

Il y avoit aussi alors en France quelques maisons de Jésuites, où les saines traditions de l'éducation religieuse se conservoient, et où le feu sacré sembloit vouloir se rallumer. Dans ce péril, les serpens de la royauté lui représentèrent que plusieurs milliers de familles abusoient de cette école pour faire élever leurs enfans chrétiennement, et que cela formoit une désagréable discordance avec l'école révolutionnaire. Ces remontrances furent également bien accueillies par la restauration. Elle prit une plume, et crut signer la paix en sacrifiant les Jésuites sur l'autel de la peur.

Et pendant qu'elle avoit la main à l'encensoir, on en profita pour lui faire formuler des réglemens ecclésiastiques, pour lui faire exercer le pouvoir épiscopal, et obtenir d'elle une espèce de constitution civile du sacerdoce. Comment n'auroit-on pas prévu dès-lors que les fléaux s'amassoient, et que ces commencemens d'esprit de vertige ne pouvoient porter que des fruits de malédiction ?

Rappelez-vous ensuite les autres succès obtenus ailleurs de tous côtés par les agens de l'entreprise antireligieuse : un peuple nourri, pendant quinze ans, de conseils de révolte et d'impiété ; la chaumière atteinte par la corruption des mauvais journaux et des mauvais livres; les commis voyageurs chargés de distribuer des poisons sur tous les points de la France; un choix d'ouvrages pervers tirés à plusieurs millions de volumes pour servir de pâture à l'ignorance des villages et à la sottise des villes; l'instruction chrétienne, l'Église et ses cérémonies, le sacerdoce, la morale de tous les temps et de tous les pays, livrés à la plus grossière dérision, à la plus stupide incrédulité; Dieu méconnu, attaqué dans les esprits et dans les cœurs, repoussé, chassé, outragé par les plus ineptes et les plus ignares de ses créatures, par un peuple enfin auquel on fut obligé de donner une loi athée (1).... De bonne foi, tout cela pouvoit-il finir autrement que nous ne l'avons vu commencer? pouvoit-il sortir de là autre chose que des châtimens et des flots de colère?

Que les ministres de la révolution de juillet soient donc mis hors d'accusation

(1) *Voyez* la note ci-après, dont l'infaillible effet est de conquérir la conviction des esprits qui n'ont pas horreur de la vérité, et de réduire les autres au silence.

en ce qui concerne l'affreuse calamité dont nous sommes accablés. Ce ne sont point eux qui ont les premiers allumé les foudres du ciel. Si je ne me trompe, il n'étoit déjà plus temps de remédier à rien quand leur soleil s'est levé il y a vingt mois. Ils ne sont là, en quelque sorte, que comme les anciens convives du roi Balthasar, pour voir la main de Dieu tracer notre sentence de mort sur la muraille.

Et vous, héros de juillet, rassurez-vous pareillement ; il n'est pas vrai, comme des journaux le prétendent, que c'est vous qui avez attiré le *choléra-morbus* dans notre pays. Vous voyez que, bien avant vos glorieuses journées, nous avions déjà encouru l'immense malédiction qui pèse sur nous. Je crois fermement que vous n'y êtes point entrés comme une cause, mais plutôt comme un effet, ou un instrument dont Dieu s'est servi pour nous lancer les premiers éclats de sa colère, et nous signifier que la mesure de sa patience étoit comblée.

Non, vous n'êtes point réellement coupables du mal qu'on vous attribue. Avant qu'il fût question de vous, quelque chose de pareil nous menaçoit de la part de la justice divine; elle étoit lasse de nos impiétés et de nos soulèvemens contre elle. Si elle s'est servie de vous pour commencer notre châtiment, c'est qu'il lui faut des ministres, des exécuteurs de ses sentences.

Non, je le répète, vous n'êtes point coupables; la révolution de juillet n'est à mes yeux qu'une des voies de la Providence, qu'un moyen employé par elle pour nous faire subir la peine de nos antécédens, et de l'abus que nous avions fait plusieurs fois de toutes les belles positions où elle avoit mis la France, de toutes les belles occasions qu'elle nous avoit fournies de nous relever de la dégradation et de l'immoralité où nous étions tombés. Il falloit bien que les fouets vengeurs fussent tenus par des mains capables de répondre à la mission dont elles étoient chargées.

Aussi, vous ne sauriez croire combien je suis rassuré sur la santé de certains hommes que je me figure être destinés à entrer pour quelque chose dans l'accomplissement des desseins d'en-haut. Les bulletins sanitaires qui les concernent ont beau me parler de leurs mauvaises nuits, de leurs saignées et de leurs rechutes, ils ne m'inspirent pas la moindre inquiétude pour eux; je suis sûr qu'ils vivront, eux et le choléra-morbus, tout le temps où le ciel aura des sévérités à exercer contre nous. Jusqu'à ce qu'il cesse d'être irrité, il y a tel homme de malheur et telle famille dont je répondrois hardiment sur ma tête; tant je suis convaincu que *le doigt de Dieu est là*, et que les instrumens dont il se sert ne seront pas brisés avant qu'ils aient rempli leur destination.

NOTE POUR LA PAGE 28.

Un écrit qui a paru depuis la publication de ce-
lui-ci, vient à l'appui de toutes ces réflexions pour
nous convaincre de plus en plus qu'il s'agit d'une
plaie qui nous est envoyée d'en haut. C'est un des
plus savans médecins de la capitale, le docteur
Cayol, qui, dans une *instruction pratique sur le ré-
gime et le traitement du choléra-morbus,* s'est chargé
lui-même de reconnoître que l'art, dont il est une
des principales lumières, se trouve impuissant à découvrir la source du mal qui nous afflige. Voici en
quels termes cet aveu est consigné dans son ouvrage :

« Cette cause morbifique, dit-il, est jusqu'ici im-
perceptible à nos sens et à tous nos moyens d'investigation. Son existence ne nous est révélée que
par ses effets. Nous ne connoissons ni sa nature, ni
ses voies et moyens d'introduction dans l'orga-
nisme. Nous n'avons donc aucune possibilité d'agir
directement contre elle, soit pour la saisir et la
soustraire, soit pour la neutraliser par des moyens
chimiques ou autres.

» Ainsi, point d'indications curatives à déduire
de la cause. »

Il est difficile assurément de s'exprimer avec plus
de modestie et de mesure; mais quand un des hommes les plus éclairés de France tient un tel langage,
n'est-ce pas une manière de renvoyer ses malades
vers le suprême médecin à qui nulle de nos plaies
n'est inconnue, ni aucune guérison impossible?

NOTE POUR LA PAGE 54.

On fut obligé de lui donner une loi athée. Cependant
il n'est pas certain que la corruption des idées du
peuple soit sans remède : comme il n'entend qu'une
cloche depuis plus de quarante ans, et que cette
cloche est celle de l'impiété, il est clair qu'il n'entend qu'un son, qui est celui-là, et toujours celui-
là. Pour savoir à quoi s'en tenir définitivement sur
l'état de sa raison, il faudroit donc essayer d'autre
chose avec lui, et voir ce que cela produiroit. Or, je
vais fournir ici à ceux qui me liront, un moyen que
j'ai souvent employé avec succès sur des esprits que
je croyois tout - à - fait incurables, et cabrés, pour
ainsi dire, contre la Divinité.

Une cure récente que j'ai opérée sur un de ces
esprits avec ma recette, m'autorise à penser qu'elle
est bonne; car j'avois affaire à une femme de tête
forte et opiniâtre, quoique jeune, et toute farcie
d'incrédulité. Pour dire la vérité, je n'en espérois
rien; et je ne sais pourquoi je me suis mis en frais de
dissertation avec elle, tant je croyois ma peine per-
due. Quelle fut ma surprise, au bout de l'entretien,
de voir une femme gagnée complètement à la raison, vaincue, persuadée, et honteuse, selon ses propres expressions, *d'avoir vécu jusque-là si bête!*

La recette que j'ai employée efficacement dans
cette occasion et dans plusieurs autres, pouvant servir à des guérisons pareilles, je me fais un devoir de
la communiquer aux gens de bien. Toutes les fois

donc qu'il leur tombera un incrédule sous la main,
ils peuvent être sûrs de le conquérir ou de le confon-
dre en le priant de résoudre les difficultés suivantes:

« Mon ami, faut-il lui dire, je m'engage à me
faire athée comme vous, matérialiste, et tout ce que
vous voudrez, quand vous m'aurez appris à me
rendre compte seulement de la création d'un être
vivant. Si ce n'est pas Dieu, par exemple, qui a créé
l'homme, cherchons d'où il peut venir : car il faut
bien que cela ait commencé par quelqu'un ?

» Eh bien ! quoique l'âge connu du monde soit
de six mille ans, je vais vous accorder une chose qui
ne s'est jamais vue depuis qu'il existe : c'est la création spontanée d'un animal quelconque. Il n'est point
arrivé pendant ces six mille ans, qu'un homme, ni
aucun individu d'une autre espèce, soit né tout seul,
de nuit ou de jour, sous un chêne ou sous une aube-
épine; mais, pour vous faire plaisir, j'admets qu'il
ait pu en sortir un, je ne sais d'où, ni quand, ni
comment. Toutefois, le phénomène doit vous paroître rare à vous-même, puisque jamais vous n'a-
vez ouï dire qu'il se soit répété nulle part, à aucune
époque, et que de votre vie il ne vous est venu à
l'esprit de croire la chose possible.

» A présent, mon ami, voyons ce que nous allons
faire de l'homme phénomène qui est né tout seul.
Probablement il est petit, puisque tout commence
par là; et alors je le vois bien embarrassé, sans mère
pour l'allaiter, sans vêtemens pour se couvrir; au
milieu des bêtes féroces, s'il y en a déjà, ou rampant
tout seul dans la boue, s'il a été le premier à en sor-

tir. Mais enfin, comme je vous ai promis d'être rond
et coulant, passons sur ces difficultés. Notre petit
homme trouve moyen de vivre un an à quatre
pattes dans les buissons, sans qu'il lui arrive malheur; après quoi il devient ce qu'il peut, enfermé
dans les forêts et par les fleuves.

» Je ne sais trop, mon ami, où cela se passe; mais
n'importe : notre petit homme mourra nécessairement dans son coin de terre, et probablement pas
loin du lieu où il a surgi, si un autre miracle, tel
qu'on n'en a point vu depuis que le monde est
monde, ne fait pas naître de la même manière un
autre petit enfant du sexe féminin, qui sera aussi
bien embarrassé de son côté pour arriver seulement
à l'âge de marcher sur ses deux pieds. Ainsi voilà
deux choses, dont une ne s'est pas revue dans l'es-
pace de six mille ans, qui doivent être arrivées à la
même époque, pour que nous puissions commencer
à comprendre notre premier point, qui est d'avoir
une créature sans créateur.

» Mais ce n'est pas tout, mon ami; la terre est
grande, et il faudroit que les prodiges dont nous ve-
nons de parler s'y renouvelassent bien des fois avant
que les deux seuls habitans du globe vinssent à se
rencontrer. Jugez combien un genre humain comme
celui-là seroit difficile à réunir sous le même arbre;
combien de millions d'années et de hasards devroient
concourir à opérer une pareille rencontre; combien
enfin notre pauvre couple auroit le temps de mourir
de fois, chacun de son côté, avant de se trouver face
à face au bord d'une rivière? Ainsi, ce seroit tou-

jours un phénomène à recommencer sur nouveaux frais, et qui ne viendroit jamais à bien. Connoissez-vous une supposition qui ne soit pas plus simple et moins compliquée que celle-là ?

» Et puis, examînez cette organisation si parfaite; cette charpente humaine si bien arrangée; cette réunion de membres, de fibres, de sens et d'organes; cette combinaison si complète de matière et d'intelligence ! Combien tout cela devroit-il être jeté de fois dans un autre moule que la main de Dieu pour former un tel ensemble? Quoi! vous voulez sortir ainsi tout équipé du sein de la terre, ou du laboratoire de la nature! Mais combien cette nature ne devra-t-elle pas manquer de fois son ouvrage, avant de l'achever et de réunir toutes les parties qui composent un être vivant? Tantôt ce sera un bras ou une jambe, tantôt les yeux ou les oreilles, tantôt le sang ou les os, tantôt la tête ou la moitié du bloc qui manqueront. Encore est-ce beaucoup vous accorder, puisque jamais on n'a vu la terre produire séparément ni un œil, ni une jambe, ni un nez d'homme, ni un ongle, ni un cil de paupière.

» Mon ami, on connoît quelque chose qui paroît bien plus facile à exécuter que tout cela; c'est de ranimer un homme tout construit, tout fait et achevé, dans lequel le dernier souffle de la vie s'est seulement éteint. Ne vous semble-t-il pas que celui-là soit plus facile à remettre debout, qu'un autre à tirer du néant, et en qui tout est à faire ? Eh bien! cependant, avec cette belle charpente

encore toute dressée et composée de toutes ses parties, la science, les arts, les efforts de l'habileté humaine, ne sont pas parvenus une seule fois, en six
mille ans, à faire quelque chose qui pût se rajus-
ter et marcher. Voyez ce jeune homme qu'on retire
de la rivière où son bras vigoureux fendoit tout-
à-l'heure des sillons, et jouoit avec le péril; il n'y
a qu'une minute que la vie s'est retirée de lui. Toute
son organisation est intacte; et certes, le voilà plus
avancé sous ce rapport, que la prétendue créature
que vous osez demander toute vivante à la matière
brute et au hasard. Ce devroit être une machine
plus facile à remonter qu'une autre dont on n'a
pas la première pièce. Et cependant il n'y a pas
d'exemple qu'on ait jamais pu parvenir à lui rendre
le mouvement.

» Maintenant, mon ami, décidez si je puis ris-
quer mes croyances ou seulement ma raison sur des
suppositions comme les vôtres, qui compliquent
jusqu'à l'absurdité l'idée si simple que la créature
descend de la main du Créateur. »

FIN DES NOTES.

PARIS. — IMPRIMERIE D'AD. LE CLERE ET Cie.
QUAI DES AUGUSTINS, N° 35.